LA GROSSE BÊTE
DE
MONSIEUR RACINE

LA GROSSE BÊTE DE MONSIEUR RACINE

PAR TOMI UNGERER

les lutins de l'école des loisirs
11, rue de Sèvres, Paris 6ᵉ

DÉDICACE : *à Maurice Sendak*

ISBN 978-2-211-01687-2
Traduit de l'anglais (États-Unis) par Adolphe Chagot
Première édition dans la colection *lutin poche* :
© 1987, l'école des loisirs, Paris, pour l'édition en langue française
Titre de l'édition originale : « The beast of Monsieur Racine » (Farrar, Straus and Giroux, New York, 1971)
© 1972, Diogenes Verlag, Zürich (Tous droits réservés)
Loi numéro 49 956 du 16 juillet 1949 sur les publications
destinées à la jeunesse : mai 1985
Dépôt légal : novembre 2017
Imprimé en France par Pollina à Luçon - 82918

Monsieur Racine, receveur des Contributions directes en retraite,
vivait paisiblement dans une villa retirée.
Il était heureux à sa façon, allant, venant, les pieds à l'aise,
surveillant les oiseaux et les nuages et bricolant dans son petit jardin.

Dans ce jardin poussait un poirier dont Monsieur Racine était très fier.
Il portait des fruits d'un parfum et d'un goût extraordinaires.

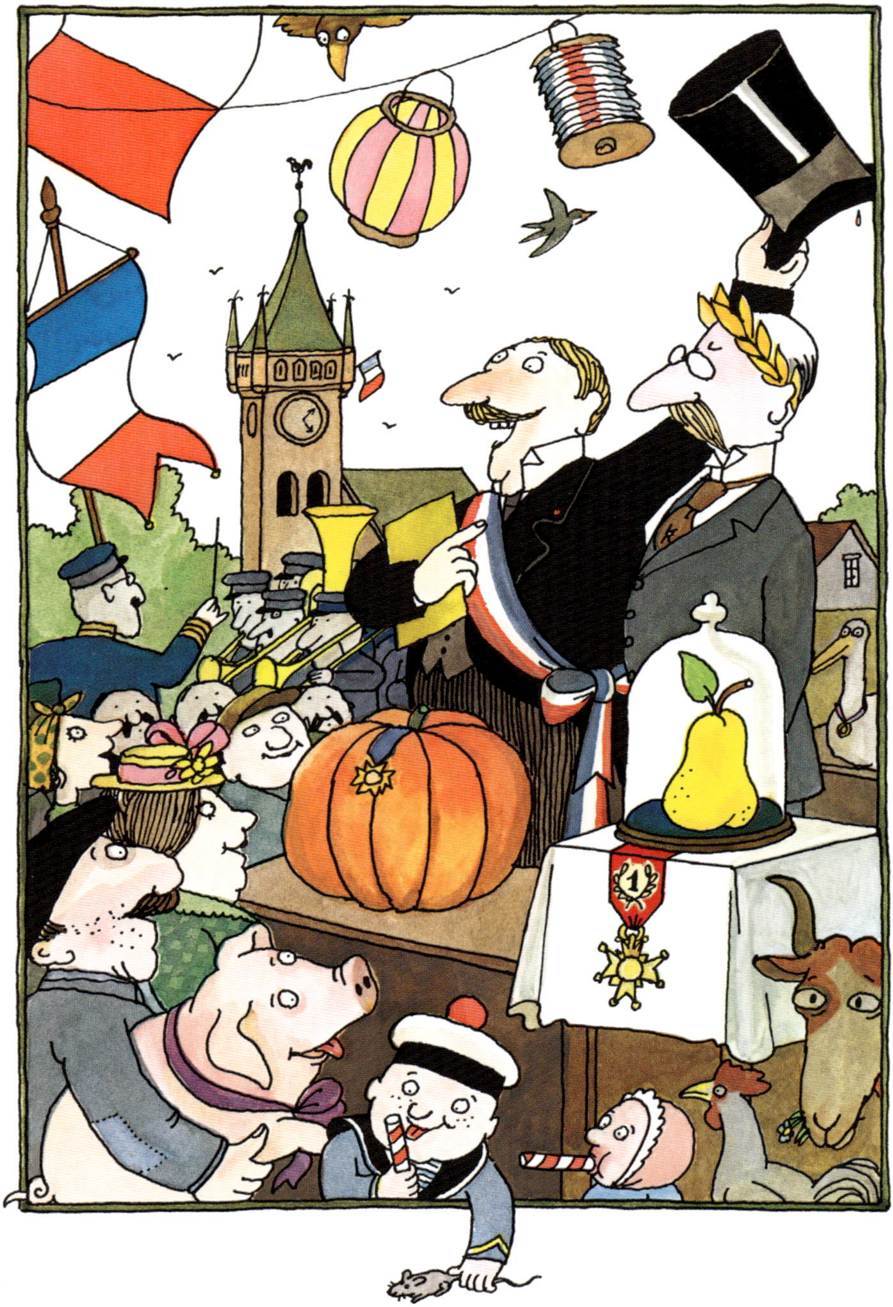
1

Les poires de cet arbre lui avaient valu de nombreux prix
aux concours agricoles de la région,
et des millionnaires avaient offert d'acheter très cher la récolte.
« Que ferais-je de tout cet argent ? » pensait Monsieur Racine.
« Les poires sont à moi : je les aime, je les mange.
Elles ne sont à vendre ni en gros ni au détail. »

Monsieur Racine était un homme heureux.

Mais un matin – hélas ! trois fois hélas ! –, il s'aperçut
que toutes ses poires avaient disparu.

En menant son enquête dans l'enclos, il remarqua de curieuses empreintes
que le voleur avait laissées derrière lui.
Oui, des empreintes vraiment étranges!
C'était comme si la terre avait été foulée par un gros pilon
plutôt que par des pieds.

«C'est renversant, véritablement renversant!» s'écria-t-il.
«Il n'y aurait qu'un jeune éléphant pour avoir laissé de telles traces.»
Une poire pendait, immobile, à une haute branche.
«Ah! Il en reste une», dit Monsieur Racine.
«Le maraudeur viendra sûrement la chercher.
Et je lui donnerai alors sur place la punition qu'il mérite.»
Il alla chercher du fil, en attacha un bout à la poire dorée,
et l'autre à la sonnette qui pendait à l'entrée de la villa.
Puis, il passa son vieil uniforme de cavalier
et se sangla dans la cuirasse luisante.
Face à la porte ouverte, il attendit tout le jour,
son sabre sous la main, prêt à servir.

Les heures s'écoulèrent, et Monsieur Racine s'endormit.

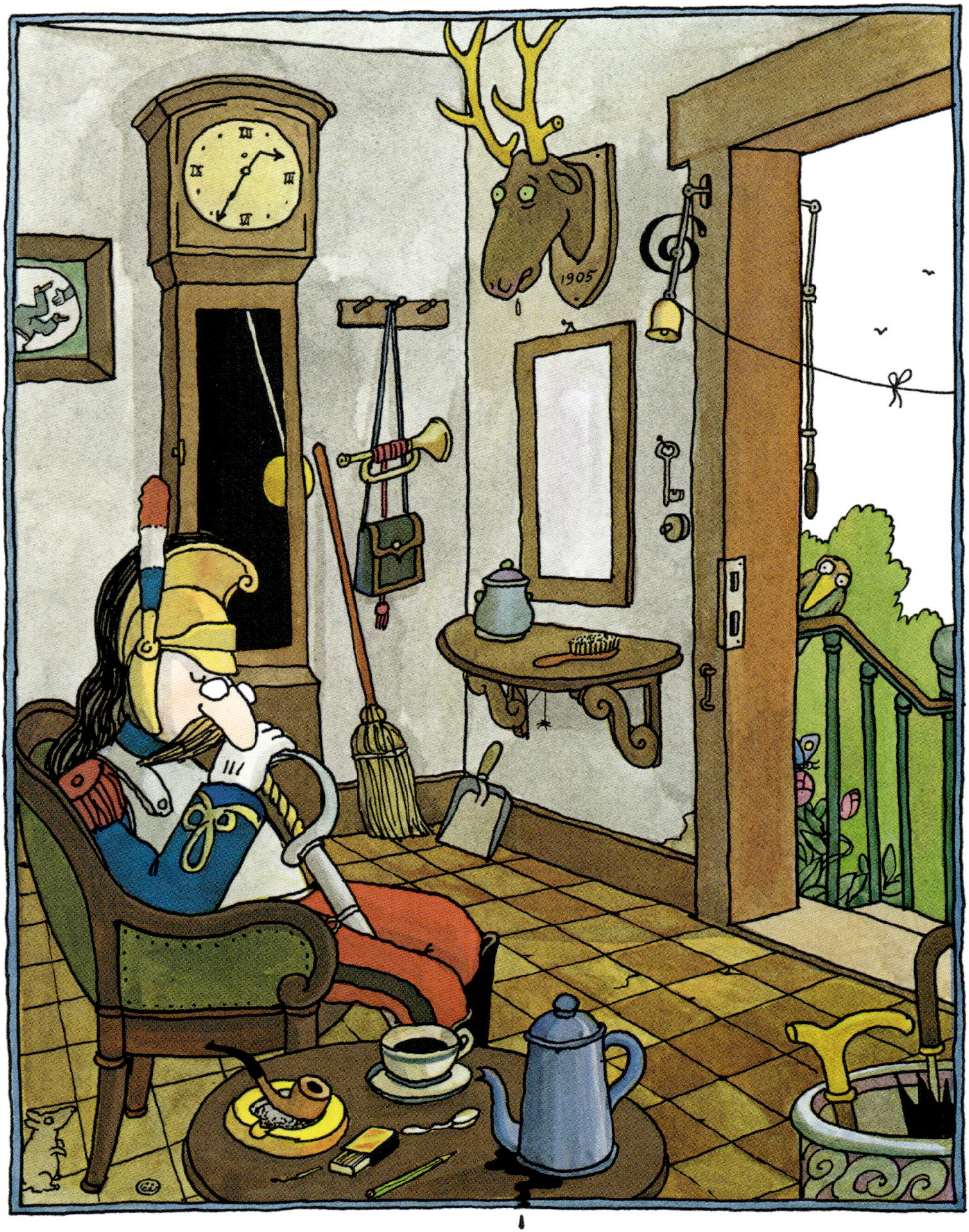
1905

Le soir tombait lorsque, soudain,
la sonnette se mit à tinter timidement.
Notre justicier se leva d'un bond et saisit son sabre.
« Oh ! Sapristi ! »

Là, dans le crépuscule, se tenait une bête qui était bien
la chose la plus étrange que Monsieur Racine eût jamais vue.

C'était à peu près de la taille d'un jeune veau.
De loin, on eût dit un tas de vieilles couvertures.
De longues oreilles flasques pendaient comme des chaussettes
des deux côtés d'une tête dont on ne voyait pas les yeux.
Une crinière hirsute couronnait un museau tombant.
Les pieds ressemblaient à des souches
et les genoux flottaient dans une peau trop large.
Ça ne faisait aucun bruit.

La colère de Monsieur Racine fit place à la curiosité.
« Ça ne paraît pas bien dangereux », se murmurait-il en sortant de sa maison.
La bête ne bougeait pas et semblait même disposée à faire connaissance.

Monsieur Racine sortit un macaron de sa poche et,
le piquant à la pointe de son sabre, le présenta à la bête.

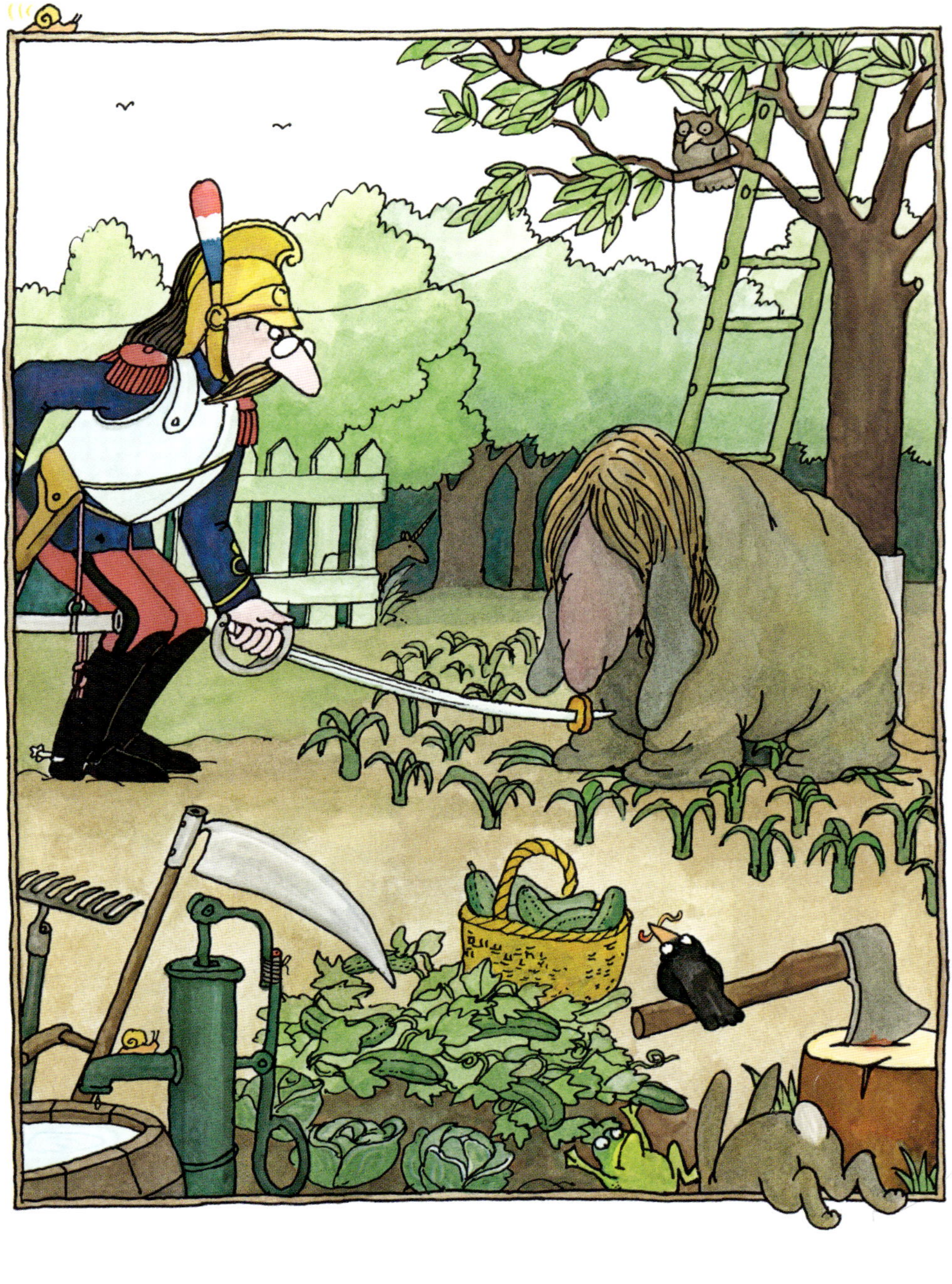

L'offre amicale fut acceptée.

« Quelques gentillesses de ce genre et on pourrait l'apprivoiser »,
pensa Monsieur Racine.

Il alla dans sa cuisine, en rapporta un morceau de tarte aux pommes,
du saucisson, du pâté et une bouteille de vin rouge.

Et l'homme et la bête pique-niquèrent cordialement sous le poirier.

Il faisait nuit quand l'animal se leva pour partir.
« Bonne nuit, douce chose ! » dit Monsieur Racine
en embrassant sur les deux joues son visiteur.
« Revenez demain, nous passerons tous deux d'agréables moments. »

13

Depuis ce jour, la bête revenait à chaque fin d'après-midi et,
chaque nuit, elle disparaissait dans la forêt d'où elle était venue.

Elle était surtout friande de biscuits, de chocolats et de crème glacée.
Monsieur Racine désirait tellement plaire à son invité
qu'il fit installer à grands frais un congélateur
pour conserver les énormes bacs de glace qu'on lui livrait de la ville.

Les jours de pluie, ils se contentaient de rester à l'abri,
assis sur le vieux sofa que Monsieur Racine avait hérité de sa tante Sophie.
Les deux amis aimaient la musique, qu'ils écoutaient avec ravissement.

«J'ai perdu mes poires», pensait l'ancien receveur,
«mais j'ai trouvé un ami.»

15

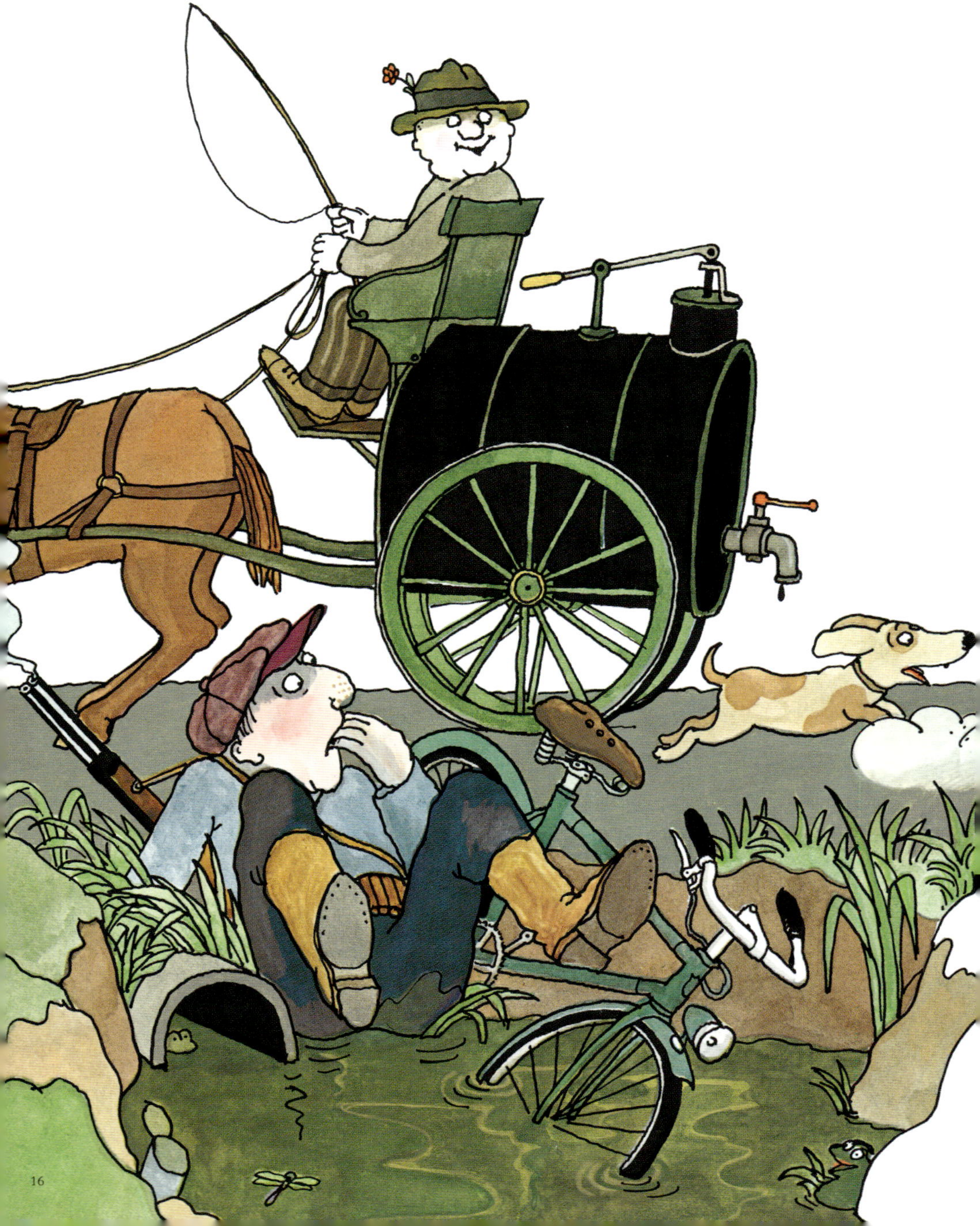

Les jours de beau temps, quand l'état des routes le permettait,
il chargeait la bête dans une remorque accrochée à son tricycle à moteur
et ils démarraient à une vitesse vertigineuse.

L'animal était folâtre,
et Monsieur Racine lui aménagea tout un terrain de jeux
pour qu'il puisse s'y ébattre à son aise.

C'était un beau spectacle de voir le vieil homme
et son protégé s'y détendre ensemble.

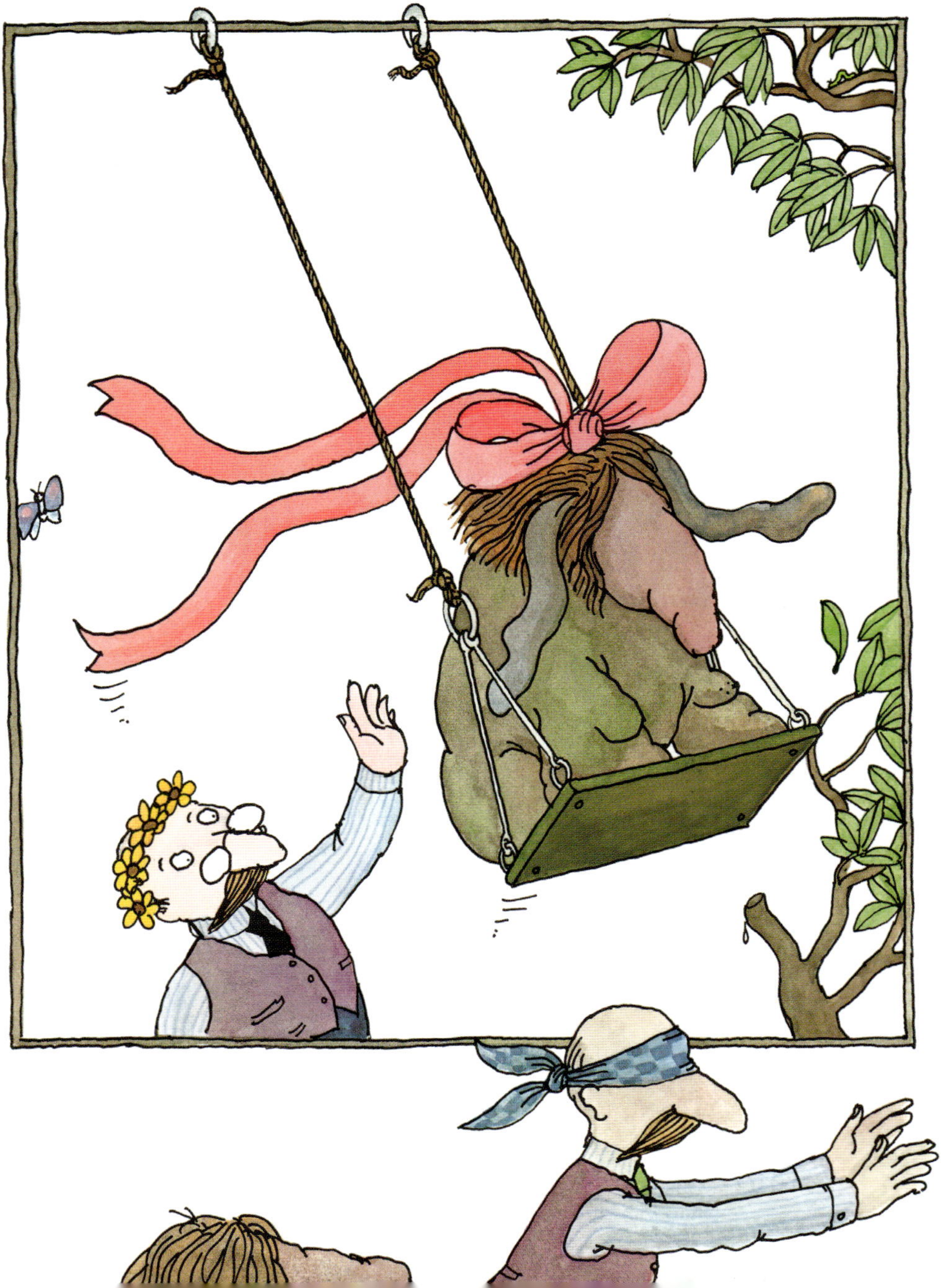

Monsieur Racine ne cessait pas d'étudier l'animal,
de prendre des photos, de faire des croquis,
de noter des mesures.
Mais il ne lui trouvait aucun rapport
avec une forme vivante quelconque.

Les tissus de son corps étaient sans vie
et il n'avait pas de squelette.
L'ensemble du corps paraissait être un assemblage
de parties vivantes indépendantes les unes des autres.

Monsieur Racine fouilla sa bibliothèque
pour y trouver quelque indication.
Mais rien. Nulle part on ne parlait de la bête.

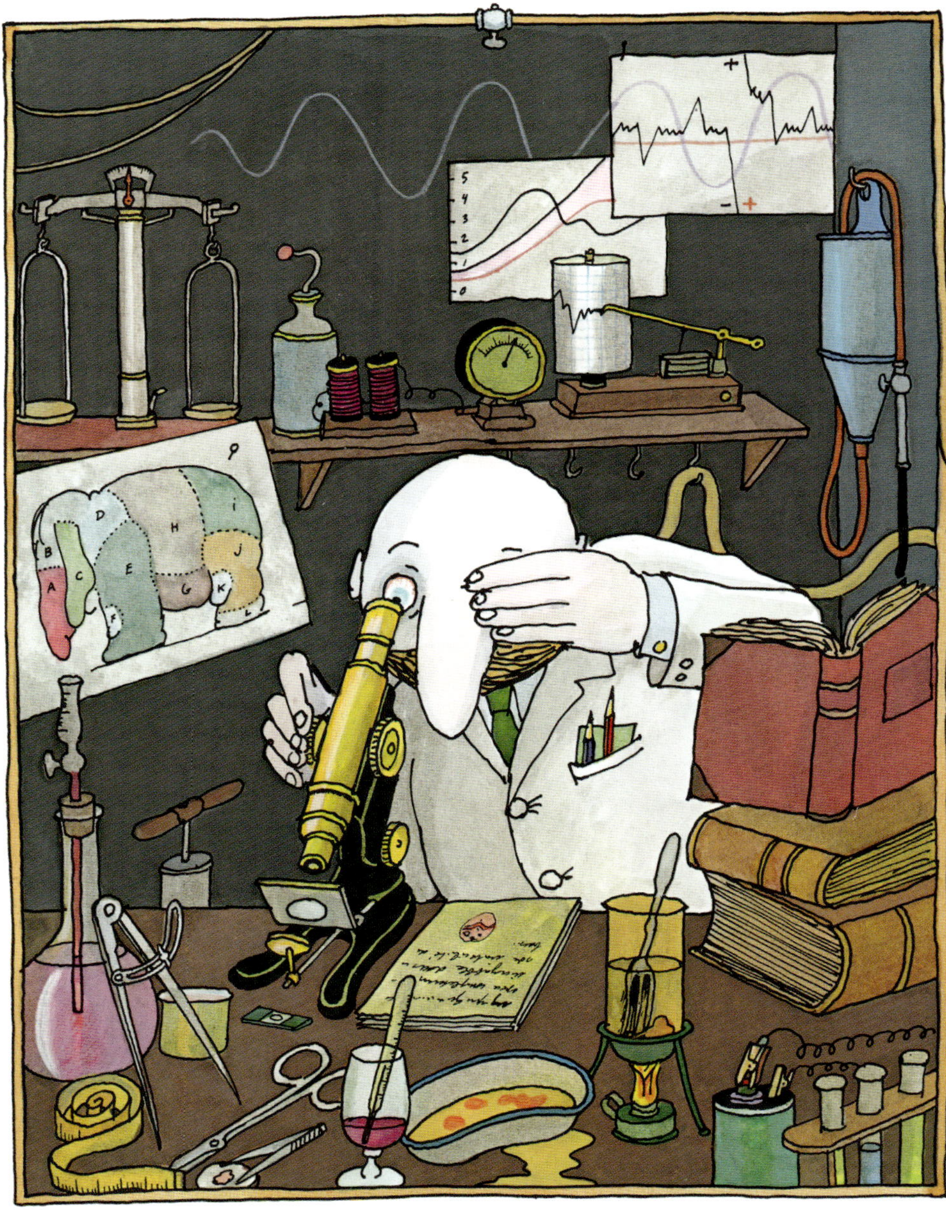
A
B
C
D
E
F
G
H
i
J
K
L
5
4
3
2
1
0

Monsieur Racine décida donc d'écrire à l'Académie des sciences de Paris.
Il joignit à sa lettre une étude détaillée sur le comportement de l'animal,
ainsi qu'un choix de photographies.

La réponse ne se fit pas attendre.

La découverte de Monsieur Racine avait fait sensation
parmi les académiciens et on l'invitait à venir la présenter à Paris.

Il se mit tout de suite au travail et, avec l'aide de l'animal,
il construisit une cage confortable.

23

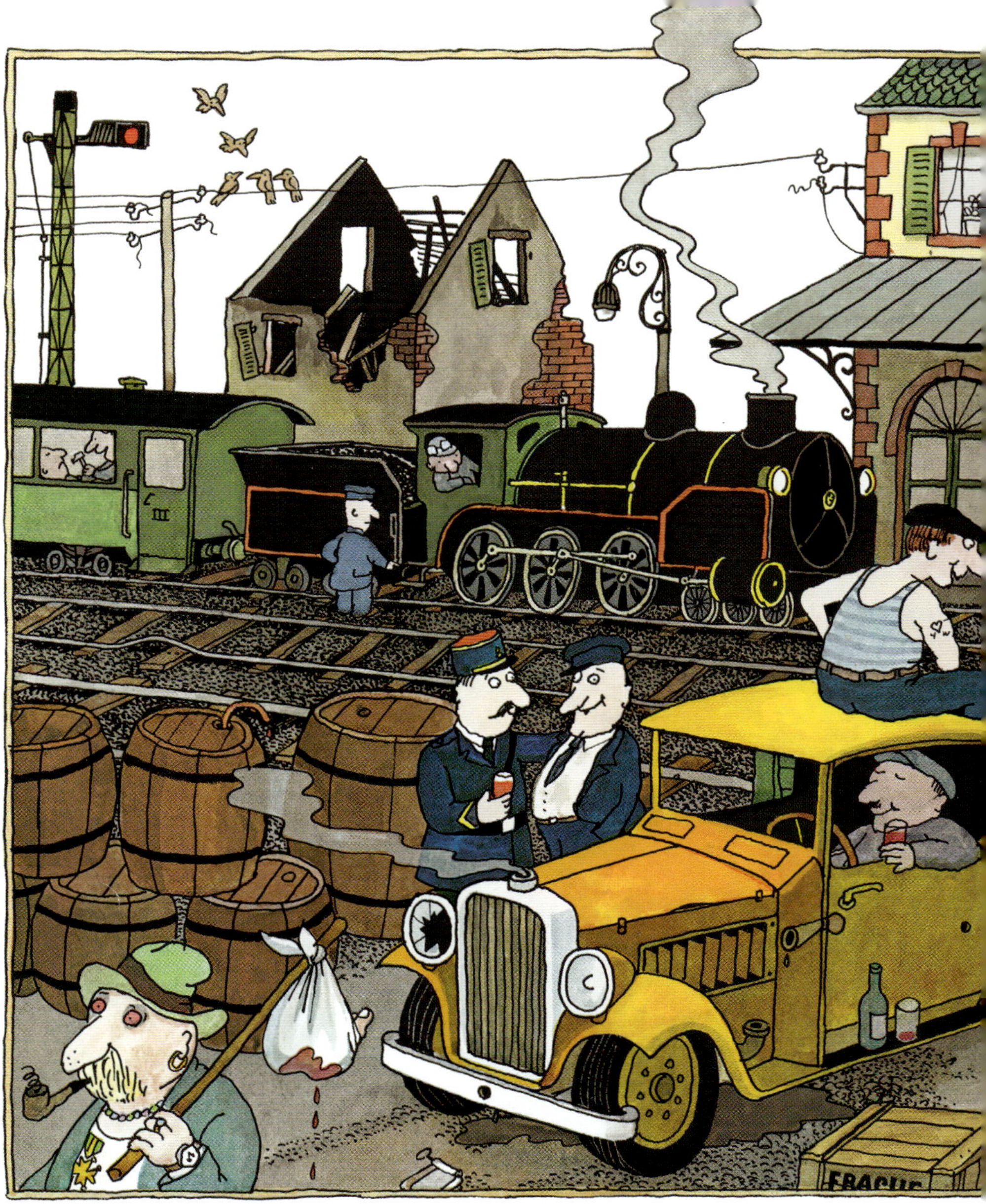

Elle fut transportée à la gare la plus proche aux frais de l'État.

L'arrivée à Paris fut triomphale.
Le président du conseil municipal lui-même souhaita chaleureusement la bienvenue à ce nouveau prodige français.

Des musiques militaires escortèrent nos amis jusqu'à leur hôtel.
Partout se trouvaient des reporters et des photographes.

Des propriétaires de cirque, des directeurs de zoo
et de riches amateurs offrirent des fortunes
à Monsieur Racine pour son animal, mais en vain.

« Que ferais-je de tout cet argent ? » répétait-il.
« La bête est mon amie, et on ne vend pas ses amis.
Laissons donc les choses comme elles sont ! »

Le lendemain, c'était le grand jour.

Les académiciens étaient réunis dans l'amphithéâtre.
À dix heures, la porte du fond de la scène s'ouvrit
et Monsieur Racine entra, vêtu d'un complet noir bien coupé
et suivi de la bête.
Il y eut des « Oh ! » et des « Ah ! » dans l'assistance
qui se mit tout entière à applaudir. Quelques dames s'évanouirent.
Sur l'estrade, Monsieur Racine était prêt à faire sa présentation.

« Mesdames, messieurs, honorables académiciens... »
Et c'est alors qu'il se produisit quelque chose d'incroyable.

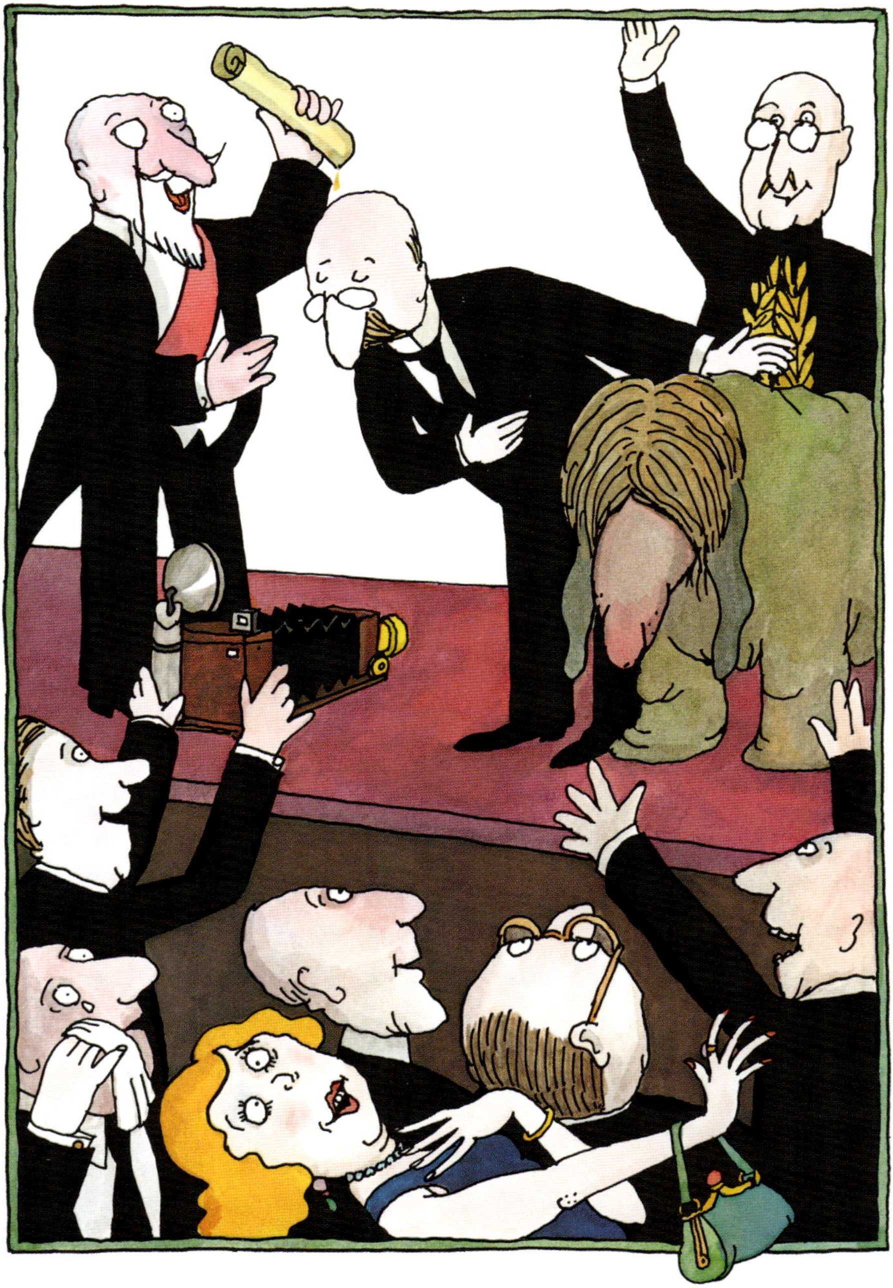

L'animal, qui était toujours resté silencieux, éclata nerveusement d'un rire bête.
En se secouant et se tortillant, il se fendit et se mit en pièces.
Et d'un tas de peaux et de chiffons sortirent deux enfants.

L'assemblée, d'abord muette et frappée de stupeur,
se déchaîna en un vacarme épouvantable. Ce fut la panique.

On appela la police pour évacuer l'amphithéâtre.

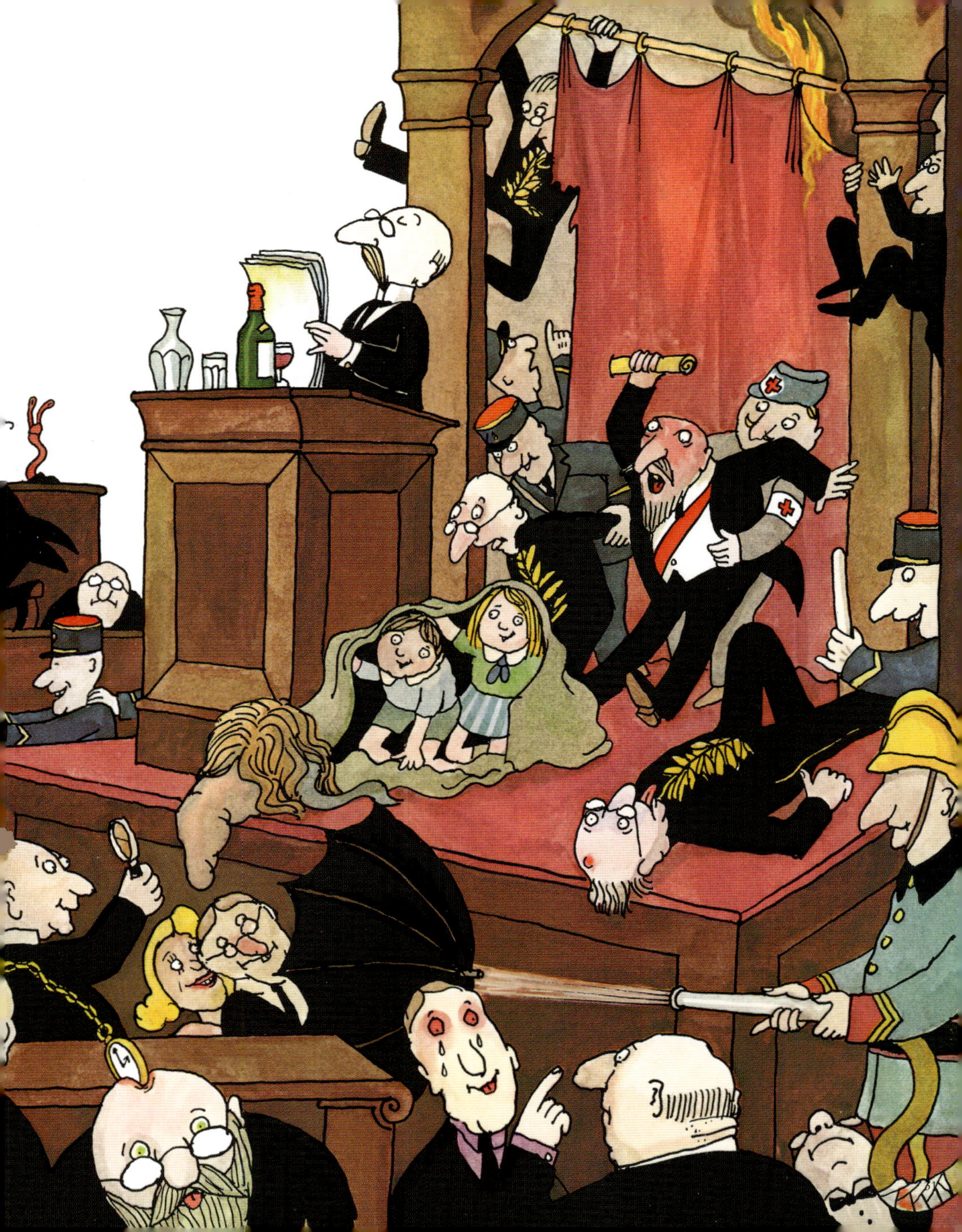

Quand la nouvelle se répandit parmi la foule des curieux qui attendait dehors, une bagarre s'engagea. Des autobus furent renversés.

Des actes inqualifiables furent commis.
Ce fut un beau gâchis ! On en parle encore.

Monsieur Racine, qui avait le sens de l'humour,
trouva la farce à son goût.
Après avoir félicité les enfants pour leur ingéniosité
et leur endurance, il leur fit faire un tour dans la capitale.

Puis, ils rentrèrent tous à la maison
et les enfants furent rendus à leurs parents,
de braves paysans qui habitaient de l'autre côté de la forêt.

L'année suivante, Monsieur Racine eut une nouvelle récolte de poires
qu'il fut tout heureux de partager avec ses deux jeunes amis.